사노 요코
기타무라 유카 그림
김수현 옮김

요코 씨의 "말" 3

이유를 몰라

KB108752

민음사

차
례
一

신의 손

내 친구 중에
꽃꽂이를 참
잘하는 이가 있어요.
어디서 따로
배운 적도 없답니다.

폭풍에 쓰러진 질경이 같은 풀을
"저런, 저런, 저런."
하면서 두세 포기 꺾어다가

낡은 검은색
메밀국수 육수 단지에
살포시 꽂아 둔 게
그렇게도 예뻤어요.

"와, 싸다." 하면서 한 다발 300엔짜리
노란 튤립을 두 다발 사와서,

싱크대에서 싹둑싹둑 짧게 쳐내기에
"그렇게 짧게 쳐내도 되나."
걱정하고 있으니까

키 작은 유리병에
무심하게 쑥 꽂아 놓고
"이 화병 쓰기가 나빠."
하는데,

화려해 보이는 데다가
한 송이 한 송이가 돋보여서
깜짝 놀랐어요.
꼭 마법에 걸린 듯했어요.

그렇다고 같은 손으로
미싱도 잘 돌리느냐 하면 나조차
"저리 비켜 봐." 하고 대신 해 주고 싶을 정도.

그 손은 꽃을 위한 손이라는 걸
스스로는 모를 거라고
생각해요.

옛날에 친구와 둘이 같은 아파트에
살았던 적이 있어요.

둘이 함께 부엌에서
식사를 준비하곤 했는데
얼마 안 가 그 친구,
요리가 몹시 서툴다는 사실을
알게 되었어요.

누가 해도
별 차이 없을
양배추 볶음 같은
간단한 음식조차

어쩜 이렇게
맛없게 만들까
한동안
입을 다물지 못했어요.

친구는
총명하고 씩씩한
사람이었어요.

사업가로 성공을 했답니다.
그것도 '손' 때문이라고
생각해요.

마법에 걸려서
요리에만
저주받은 손이라고
생각해요.

몸이 안 좋았을 때

S가
"너 왜 그래."
하면서 어깨를 다독여 준 적이 있어요.

손이 닿은 순간
어깨에서 온몸으로
엄청나게 뜨거운 뭔가가 퍼져 나가
아팠던 심장이며 어깨가
말끔히 나았던
적이 있어요.
무엇보다 마음이 편안해졌답니다.

아아, 어쩌면
예수님이나
부처님 손이
이렇지 않았을까요.

아마 로댕이나 모차르트도
특별한 '손'을
가졌던 게 분명해요.

재능과 노력을 뛰어넘는 뭔가가
오로지 그 손을 통해
특별한 힘이 되어 흘러 나왔던 게
분명하다고 생각해요.

평범한 사람은
남들만큼 하기 위해

희박한 재능으로 노력하며 살도록
신이 사람을 만든 게 틀림없어요.

가끔 있는 마법 같은 손은
신께서 실수한 거고요.

뼈저리게 느끼며 자기 손을
가만히 바라보게 됩니다.

말

잠 못 드는 밤,
내 취미는
내 장례식에 대해
이것저것 상상하는
것이다.

뭐니 뭐니 해도 죽음은
인생 최대의 드라마이다.

아들은 내 관에 매달려
울어 줄까.

그래서 동생네 남편이
어깨를 잡아다가
관에서 억지로 끌어내고
그랬으면 좋겠다.

28

『작별하는 말 사전』[★]
이라는 책을 읽었다.
작별도 하나의 죽음이다.

★『작별의 말 사전』(현대 언어 세미나편, 가도카와분코)

"나에게 불필요한 것은
설령 남편이라도 다 버릴 것."
(와카오 아야코)*이라고 하는
당찬 부인도 있거니와,

★ 일본의 여배우(1933~)

★ 일본의 가수이자 배우(1948~)

"이혼의 원인은 두 사람이 결혼했다는 겁니다."
라는 절대적 진리인지
장난인지 모를 소리를 한 마에카와 기요시*

"나는 뭐가 뭔지 모르겠다."
라는 고바야시 아키라*는 망연자실감이다.

★ 총천연색 / 기타를 들고
★ 일본의 배우이자 가수(1938~)

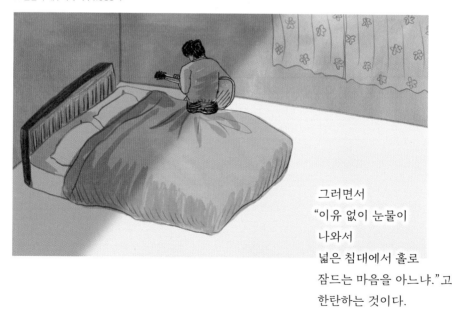

그러면서
"이유 없이 눈물이
나와서
넓은 침대에서 홀로
잠드는 마음을 아느냐."고
한탄하는 것이다.

"여기서 작별이오,
미안하오."
고가라시 몬지로*는 심플하다.

★ 작가 사사자와 사호의 시대소설 『고가라시 몬지로』의 주인공

"믿습니다
믿습니다
저는
마음씨 착하지 않은걸요"
라고 나카지마 미유키는 원통해하며,

「믿·습니다」 작곡 · 작사 나카지마 미유키
ⓒ1980 by YAMAHA MUSIC PUBLISHING, INC. ALL Right Reserved.
International Copyright Secured.
㈜야마하뮤직퍼블리싱 출판허락번호 16507p

하이네는
"설령 이 마음이 무너지더라도
나는 잃어버린 연인을 원망하지 않을 것이다."
라고 무리를 한다.

어떤 시인이라 해도
갑작스러운 작별에는
손 쓸 방법이 없다.

베를렌조차
"꿈이 아닐까, 이건
정말 있을 수 있는 일인가."
하고 가장 소박한 의문을 던진다.

가장 소박한 의문이야말로
영원히 해결되지 않는다.

장례식 생각 대신
나는 새로운 취미를 발견했다.

아침 해가 비쳐드는 다이닝 키친,
커피 향기를 맡으며
내가 멍하니 행복에 잠기는데

갑자기
"그만 갈라서자."
라고 상대방이 불쑥
말을 꺼내는 것이다.

못 들은 척
화장실을 갈까.

"다시 한번 말해 봐."
하고 침착하게
스산한 분위기를 풍길까.

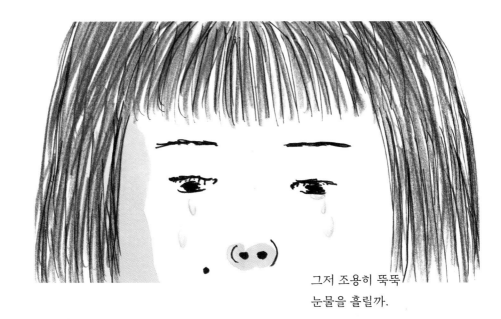

그저 조용히 뚝뚝
눈물을 흘릴까.

"내 사랑은 언제나 노래처럼
  버려지지."(다니카와 슌타로)*
  처럼 폼을 잡을까.

"고마워,
  그동안 행복했어."
  하고 위선으로 끝을 장식할까.

★ 시, 그림책, 각본, 번역을 아우른 일본의 작가. 한때 사노 요코와 혼인관계였다.

작별이라는, 인생에서 만나게 되는 죽음을
우리는 그 혼과 육체로
견뎌내야만 한다.
아마도 몇 번이나 몇 번이나.

그때 효과적인
다정한 말이 있을까.
헤어질 사람에게 듣고 싶은 말이
과연 있을까.

"이제 당신 싫어, 얼굴도 보고 싶지 않아."
 하고 복잡한 마음을 눌러 죽여 말하고

경멸과 증오를
받아들일 각오가 없다면
남과 작별은 하지 않는 편이 좋다.

다정한 듯한 말이
정말 다정하리라는 법은
없는 것이다.

짧은 작별의 말 한 줄이
실로 다양한 드라마를 상상하게 한다.

다 상상일 때가 좋은 거지.

노래방 기계와 쑥덕공론

얼마 전
어머니의 일흔일곱 살을
축하하는 모임이 있어
자식들이 모두 모였다.

가끔 다 같이 모여 얼굴을 비추기는 하지만
차분하고 고상한 모임은 아니다.

거기서 남자들은
무엇을 하느냐,
물론 부어라
마셔라다.

남자들이 달려든 것은
노래방 기계였다.
오랜만에 보면서
나눌 이야기들도 없는지.

대학 교수는 오로지 엔카, 그것도
차인 여자 입장 노래만. 못 부른다.

편집자는 가수 뺨치는 실력,
너무 잘 불러서 재미가 없다.

화가는 미소라 히바리*부터
곤도 마사히코**까지 전부 흉내내 가며,
어디서 돈 주고 배웠나 싶게
감탄스러울 정도.

★ 일본의 쇼와 시대를 대표하는 가수(1937~1989)
★★ 1980년대 최고의 인기를 누린 일본의 배우 겸 가수(1964~)

게다가 아무도
다른 사람 노래는 듣지 않는다.

그러다 취한 남자들을 여관을 다 뒤져 찾으러 오면
술자리가 마무리 된다.

여자들은
여기저기 붙어 앉아
"언니가 센다이 사는 숙모한테
설교를 했다며."

"그렇지만
그 집 손녀는
메릴린 먼로만큼
끼가 있다고."

화제는 뭐가 됐든 상관없다.
그저 재잘재잘
떠들며
화를 내고
또 웃고 그런다.

취한 남정네들을 잡아다가
이불 속에 집어넣자
남자들은 금방 쿨쿨 잠이 들어 버렸다.

여자들은 끝을 모르고
비밀 이야기를 나눴다.
도대체가 입이
닫힌 적이 없다.

그리고 다음 날,
남자들이 있는 방을
들여다보니

한 사람 한 사람이 신문을
한 장씩 들고 가만히 보고 있었다.
나는 전에 본 양로원이
생각났다.

여자는 치매가 와도 계속 이야기를 했다.
말이 하나도 통하지 않는데도
이야기를 했다.

"이름은 토라,
　나이는 열일곱 살입니다."

고개를 끄덕인 할머니는
"그래, 맞아. 저녁노을
어스름 해가 저물
어……." 하고 노래를
불렀다.

싱글싱글 웃기만 하는
할머니도 있거니와

중얼중얼 혼잣말을 하는
할머니는 무언가
분노에 사로잡힌 것 같았다.

하지만 할아버지들은 돌멩이처럼
한 명씩 떨어져 우두커니 앉아서
어딘가를 응시하고 있었다.

무표정한 얼굴은
처참한 법이다.

남자는 일에 관한 이야기라면
얼마든지 한다.
공통된 목적을 향해
말을 전달 수단 삼아
행사한다.

하지만 늙어서
자기 역할이
끝나면,
남자의 언어도
끝이 난다.

정년이 된 남자를
여자들이 꼴도 보기 싫어하는 것은
말을 잃어버리기 때문이다.

남자도 세상 돌아가는 이야기든
가정사든 마음을 열고
이야기하는 편이 좋지 않을까.

★ ○○부장님 퇴임 축하드립니다

자기 바닥을 보일 각오로
수치심을 버리고 말을 하여
남들과 관계를 맺는 편이 좋다고
나는 생각한다.

할아버지 할머니가 되고 나서도
인생의 3분의 1이 더 남았을지도
모르는 일이니까.

그러니까
시답잖은 잡담을 할 수 있는 남자는
귀하다.

네
번
째

—

달님

내가 가장 싫어하는 사진은
인간이 달 위를 걷는 사진이다.

텔레비전에서 봤을 때도
"쟤들은 저기 왜 가는
거야, 볼일도 없이."
라는 생각밖에 들지
않았는데,

남자들은 흥미진진해 하더라.

달에서는 토끼가
떡이나 찧고 있으면 된다.
나는 모욕을 당한 것 같은
기분이었다.

차로 산길을 달리다가
달을 보면

옛날 옛적에 공주님이 달을 보며
낭군님을 기다리던 모습이 상상된다.

먼 중국 땅에서
일본의 달을 그리워하는
남자의 고독이 상상된다.

열두 살이나 된 보모가
겨울밤 달을 가리키는,
거칠게 갈라진 작은 손을
애처롭게 떠올리기도 한다.

달은 나를
끝없이 과거로 데리고 간다.

저건 보는 것이다.
모든 인류가 달을 보며
이런저런 생각에 잠기거나
혹은 그저 멍하니 있곤 했다.

달에서 돌을 가지고 돌아오는 짓은
미친 짓이다.

사람에게는 해서는 안 되는 일이 있다.
그리고 사람은
해서는 안 되는 일을 꼭 하고 싶어 한다.
저지르고 나면 당연한 일이 된다.

★ 달에서 가져온 돌

미래는 언제나 저속하다.
고꾸라질 듯 앞질러 가는 현실에
나는 벌써 숨이 차려고 한다.

★ 30만 달러부터 신청 개시 / 드디어 실현 꿈의 우주 여행 / 1969년 아폴로 2호가……

그저께가 보름이었다.
이 계절 보름달을 보면
북경에서 했던 달구경이 생각난다.
술잔을 나누던 손님들.
북경의 중추명월[★]이 세계 제일이라고
몇 번이나 되풀이해 말하며

★ 음력 팔월 보름의 밝은 달.

어른들은 고개를 들고
하늘을 쳐다보았다.

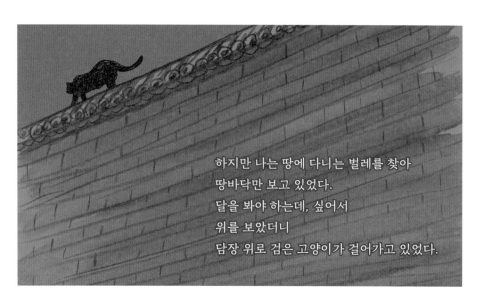

하지만 나는 땅에 다니는 벌레를 찾아
땅바닥만 보고 있었다.
달을 봐야 하는데, 싶어서
위를 보았더니
담장 위로 검은 고양이가 걸어가고 있었다.

나는 고양이에게 감탄했다.

대학 수학여행으로
나라에 갔을 때,
다들 드러누워서
달을 보았다.
보름달이었다.

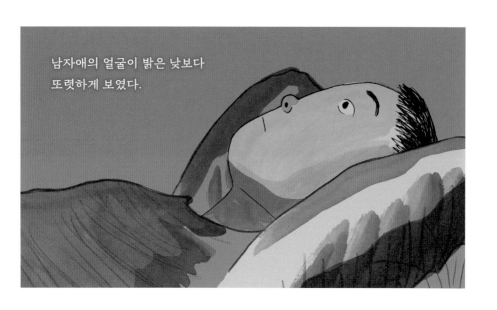

남자애의 얼굴이 밝은 낮보다
또렷하게 보였다.

"너는 지금은 인기 없어도
스물일곱, 여덟쯤 되면 예뻐질 거야.
그때가 되면 나도
반해도 되겠지?"

"나중 얘기 하지 말고
지금 반해 봐."
"그건 어려워.
아무리 봐도 어려워."

그 남자애는 어떻게 되었을까.

베네치아에서
열 살이나 됐을까 한 남자아이에게
헌팅을 당했다.

밤 8시에 교회 분수 앞에서
기다리겠다고 했다.

12시쯤 베란다에 나가 보니
달이 떠 있었다.
바다에 달빛이 비쳐 남실거리고 있었다.

정말로 그 아이는 교회 앞에서
나를 기다렸을까.
어쩐지 웃음이 났다.
그날도 보름달이었다.

보라, 달은
옛날을 떠올리기 위해 있는 것이다.

시끄러워라

사춘기 증상 중 하나는
부모를 혐오하는 것이다.
일반적인 소년소녀라면
반드시 그런 법이다.

저런 부모는 절대 되지 말아야지,
하고 굳게 마음먹고
자기 부모를 거울삼아
자기 행동을 바로잡곤 한다.

하지만 바로잡았다고
생각만 할 뿐.
사실은 고쳐지지 않는다.

어느 날 문득 내 얼굴을 보고 경악했다.
엄마 얼굴을 쏙 빼닮은 것이다.

닮았다 정도가 아니었다.
주름이 잡히고 살이 늘어난 모양. 마흔이 된 나는,
마흔 적 엄마와 똑같았다.

눈에 보이는 생김새에
유전자가 이렇게
드러나는 것을 보면
보이지 않는 기질, 성질에도
유전자는 따라 내려왔을
것이다.

내가 사춘기에 두려웠던 것은
얼굴을 닮느냐가 아니라 보이지 않는
행위나 사고방식이었을 텐데.

오지랖이나
고집, 독선,
감정 기복이 심한 성격.
그 밖에도 이것저것.

지금이 되어 생각해보면
피가 이어졌음을 가장 확실하게 증명하는 것이
바로 나 자신이다.

얼굴이 문제가 아니다.
나는 단숨에
침울해지고 말았다.

친구가 맥주를 마시면서
"내 엄마인데 싫어.
옹고집쟁이에 어두워서.
타고나기가 고지식해서.

나이를 먹으면 먹을수록
본성이 드러나는데.
슬슬 원석이
겉으로 나오기 시작했다 싶어.

그런데 그게 나랑 똑같은 거야.
자라며 익힌 교양, 지성, 습관은
아무 도움도 안 돼, 그냥 똑같아.

으음, 생각해 보면
내가 더 심할지도 몰라."
하면서 눈물을 흘렸다.

어느 날 아들이
"이유가 뭔데요."
하고 나에게 대들었다.

"이유야 뭐가 됐건."
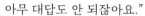
"억지 부리지 마시고요,
  아무 대답도 안 되잖아요."

"너는 의리나
  사람의 정이라는 게 없니?"

"의리랑 정은 다른 거잖아요,
왜 같은 취급을 하는데요.
저는 엄마 생각을
묻는 거예요."

시끄러워라,
무슨 말만 하면 이러쿵저러쿵.

그러다 나는 소름이 끼쳤다.
이거 나랑
똑같잖아.

"그거 말이 안 되지 않아?"
나는 늘 그렇게
허점을 노렸다.

문제는 뭐가 됐든 상관없었다.
뭔가 끄집어내서 다른 사람과 이러쿵저러쿵
대화하는 것이 더없이 즐거웠다.

★ 특종! 유명 여배우 이혼!!

그리고 그것은 번번이
나 혼자만
즐거운 취미일 것이다.
남들은 시끄럽다고
생각할 것이다.

부모를 거울삼을
때가 아니야,
자식을 거울삼아
나를 바로 잡아야지.

아들아, 너는
너 자신이 시끄러운 놈이라는 걸
아직 모를 테지.

후후후.
그 나이엔 그럴 거야.

하지만 너를 보면 병원에서
간호사가 아기를 바꾸는 실수는
하지 않았던 것 같아.

나는 어느 쪽도
선택할 수 없었다

전철에서 내릴 때
나는 아버지를 잃어버리지 않으려고
양복 옷자락을 꼭 붙잡았다.

"너 뭐 하냐."
갑자기 아버지 목소리가 들렸다.

나는 아버지가 아닌 다른 사람
양복을 붙잡고 있었다.

놀란 나는 아버지 팔에 매달려서
울음을 터트렸다.

"멍청한 것아."

아버지가 "멍청한 것아."
하는 것을 듣고
다른 누구도 아닌
우리 아버지가 맞구나, 하고
나는 진심으로 마음이 놓였다.

나는 아버지 손에
정신없이 매달려서
백화점에 갔다.

거기서 아버지는 "어떠냐, 이거."
하고 내가 갖고 싶어 하던
나무 손잡이가 달린 핸드백을
보여 주었고

나는 고개를
흔들었다.

그 뒤,
백화점을 나와서
다른 가게 몇 군데에 들렀다.

나는 계속 고개를 흔들었다.
내가 갖고 싶은 핸드백은
이게 아니야.

여섯 번째 ─ 나는 어느 쪽도 선택할 수 없었다

그 백은 어두침침한
어느 가게 입구에 걸려 있었다.
그것도 하나가 아니라 두 개.

하나는 빨간 우단에
검은 물방울무늬였다.

또 하나는 검은 우단에
빨간 물방울무늬였다.

나는 흥분했다. 둘 다
나를 몹시 들뜨게 했다.

나는 어느 쪽도 선택할 수 없었다.
검은 핸드백은 "멋있었고",
빨간 핸드백은 "귀여웠다".

아버지는 "어느 쪽." 하면서
두 개를 손에 들었다.

빨간 백을 손에 들고
"귀여운" 내가 될까 생각하면
"지적이고 멋있는" 쪽을
　포기하기가 아쉬웠고,

검은 백을 손에 들면
"귀여운" 나는
어딘가로 사라져 버리는 게
아닐까 불안해졌다.

“얼른 안 해?”
아버지는 짜증을 내기 시작했다.
나는 용기와 결단을 요구받고 있었다.

결국 나는
귀여운 나를 골랐다.
숨을 멈추고
눈을 감은 채 가리켰다.

그리고 쇼윈도에 남겨진
"멋있고 지적인" 나를
끝까지 힐끔힐끔 쳐다보았다.

빨간 우단 핸드백은
다른 친구들이 가진 어떤 가방보다도
품위 있고 예쁘게 느껴졌다.

하지만 그 가방을 볼 때면 꼭
고르지 못했던
"지적이고 멋있는" 핸드백이
눈앞을 어른거렸다.

나는 빨간 핸드백에
진심으로 만족하고 있었음에도
불구하고,

내 것이 되지 못한
검은 핸드백에 미련이 남았던 것이다.

나는 다섯 살 때 머리와 몸으로
"귀엽게" 보여야 한다고 느꼈던
내 알량함이

"지적이고 멋있는" 것보다
수준이 낮았다고,
용기가 없었던 자신을
유감스럽게 생각하곤 했다.

지금까지도
나는 그 검은색 작은
우단 핸드백에
미련을 가지고 있다.

두 가지 결혼

나는 세상을 전부
두 가지로 나눠서 생각한다.
첫째로 남자와 여자

구두쇠와
씀씀이 좋은 사람

자기밖에 안중에 없는 사람과
남들 눈만 신경 쓰는 사람

매사에 끙끙 고민 많은 사람과
그 순간밖에 생각하지 않는 사람……

세상 온갖 것을
두 가지로 나누고
그것을 다시 여러모로
합쳐서
한 명의 사람이
이루어지는 거라고
생각하는 것이다.

★
엉성하다 / 신중하다
둔하다 / 성급하다
청결하다 / 지저분하다
온화하다 / 성질을 잘 낸다

★
걱정이 많다 / 낙천적이다
인색하다 / 씀씀이가 좋다
밝다 / 어둡다
수다쟁이 / 무뚝뚝

★ 현실 / 이미지

결혼에 있어서는
이미지를 좇는 사람과
현실을 살아가는 사람으로
나누기도 한다.

학생 시절
"결혼은 꼭 하고 싶어."
라고 말하던 친구가 있었다.

"결혼해서
뭘 그렇게 하고 싶은데?"
남자친구도 없을 때였다.

친구는 신이 나서
자신 있게 대답했다.

"아침이 되면
예쁜 접시랑 컵에
크루아상과 커피를 담아내고 싶어.
쟁반에 꽃 한 송이와 함께."

나는 놀랐다.
결혼을 그렇게도 보는구나.

시간이 흘러 나는 귤 상자 위에
합판을 얹어 밥상 삼는
가난한 결혼 생활을
시작했다.

결혼이라는 것에
이미지가 없었던 것이다.

남자에게 빠져
헤어지고 싶지 않다는
현실을 살아가는 것이 즉,
결혼이었다.

이윽고 세월이 흘러 아이가 태어났고
현실을 살아가기란 쉬운 일이 아니었다.

그리고 현실에 무너졌다.
현실을 살아가는 결혼이었기에
당연히 결혼도 무너졌다.
나는 다음 현실을
살아야 했다.

아침 꽃 한 송이를 그리던 친구는
커다란 집에 살며
남편과 딸들을 두었다.

이미지는 강하다.

나에게는 그녀의 가정이
위선과 거짓말을 뭉쳐 놓은 것처럼
느껴지지만
진실이 어떤지는
알 수 없다.

금전 사정이 좋지 않아도 성인식에는
딸에게 예쁘게 예복을 맞춰 입혔다.

"집에 돈이 없어.
빈털터리라니까."

하지만 그 집에는 꽃이 넘쳐 났다.
현실을 살아가는 사람 입장에서는
"꽃부터 버려라." 하는 생각이 드는데

꽃은 집의 이미지에
가장 중요한 구성 요소라는 게
친구의 생각이었다.

현실을 살아간다는 것은
현실에 무너지는 것이기도 하다.

★ 귤

하지만 이미지는 죽지 않는다.
이미지 앞에서
현실이나 진실은
짓밟아 버리면 그만인 것에 불과하다.

사랑은 변하기 쉽다.
하지만 사랑처럼 보이는 것은
굳건하다.

현실이나 진실은
잠시 구겨서
시야 밖으로 던져두고

꽃과 함께 빚에 범벅이 되었어도
이미지에 충실했던 내 친구는
꽤나 대단한 인물이었다.

이미지를 좇으며
스스로를 북돋은 것도
평생에 걸친 큰 사업이다.

진실을 들춰내서
쓰러져 버린 건 나다.

이유를 몰라

부부의 진짜 모습은,
사회의 공적인 장소에서는 드러나지 않아
평상시에는 보기 힘들다.

관혼상제 때
부부를 볼 수는 있지만
여기에는 외출용 연출이
되어 있다.

대단히 친한 편인
친구 부부만 보아도
어느 정도는 사교 상의 예의로
무장하고 있다.

우리는 부부의 실속을
들여다볼 기회가
별로 없다.
세상에는 부부 천지인데도.

우리는 풍경처럼만
볼 수 있을 뿐이다.

나뭇잎이나 돌멩이가
어느 하나
같지 않은 것처럼
어느 한 쌍도
같은 부부는 없다.

자기의 부부 관계를
남에게 이해시키려는 것
또한 매우 어렵다.

나는 부부 생활을 20년 했지만
10년째에는 덜그럭덜그럭
풀어지기 시작했다.

도저히 복구가 불가능한 관계였는데,
나이 젊은 친구가
"요코 씨네 부부가 저의 이상이에요."
라고 말하기도 했다.

얼마나 당황스러웠던지.

또 친구의 부부 관계에
참견하는 것도 바보 같은 짓이다.

남편 푸념을 하는 친구에게 맞장구를 친답시고
그 남편 험담을 했다 하면

상대방은 어김없이 화를 낸다.
두고두고 원망하기도 한다.

그 원망을 접착제 삼아
예전보다
사이좋은 부부가 되는 것은
뻔한 이야기이다.

부부는 안에서는 쉽게 무너지지만
밖에서 일부러 무너트리려 하면
결코 무너지지 않는다.
사랑이 아니라 정이 있기 때문이다.
사랑은 세월과 함께 사라지지만
정은 세월과 함께 굳건해진다.

부부란
사랑이 정으로 바뀐 뒤부터
시작되는 것이다.

부부는
어쨌든 지속된다.

내가 40대 초반일 때, 주위 아내들은
하나같이 제 남편에게 정나미가 떨어져 있었다.

모이기만 하면
남편 욕을 해댔다.

내가 그이들의 남편을 보고
"마누라가 어느 날 갑자기
증발하면 어쩔 거예요?"
하고 물으니

한 남편은 가만히 하늘을 바라보며
"저는 울 것 같아요."
하고 슬픈 표정을 지었다.

　다른 남편은
"그럴 일이 있을까요.
　얼마나 사랑하는데."
　하고 대답했다.

남자들은 참
속도 편하지.

쉰이 넘어서
사이가 좋아진 부부는

차든 두들기든
꿈쩍도 하지 않게 된다.

다소 미운 마음을
가지더라도
그 미움이 다시
미운 정이 된다.

사랑이라는, 일본어에
있지만
어쩐지 서먹한 그 말을
뛰어넘는 것이다.

참말로 이유를 모를 일이다.
부부는 이유를 모르는 게
좋은 거다.

부부에게 과학은 쓸모가 없다.
세상에 과학이 끼어들 여지가
없는 것이 아직 존재한다는 사실이
아주 든든하다.

2008년 겨울

내 유방암은
이비인후과 여의사가 발견해 주었다.

★ ○△이비인후과

"바로 병원에
가 보세요."
해서 가 봤더니

정말 암이어서
수술을 했다.

1주일 입원했다가 돌아왔다.
항암제 때문에 민머리가 되었는데

1년은 이게 사람이 사는 건가 싶게
어디에도 못 써먹게 힘든 1년이었고

어디 써먹을 데도 없겠다
가만히 누워서 한류 드라마만 보고 있었더니
턱이 빠졌다.

뼈에 암이 재발했다.

"앞으로 몇 년 더 살까요?"
"호스피스 끼고 한 2년?"
"얼마나 들까요, 죽을 때까지."
"천만 엔이요."

"항암제는 끊어 주세요.
연명 치료도 안 할래요.
가능한 한 평범한 생활을
할 수 있게 해 주세요."
"알겠습니다."

운도 좋아라.
나는 프리랜서라
연금이 없으니
아흔까지 살면
어쩌나 하고
부지런히 저금을 하고 있었다.

나는 그날 집에 돌아가는 길에
근처 재규어 대리점에
들어가서

거기 있던
잉글리시 그린 차를 가리키며
"저 차 주세요." 하고 말했다.

타자마자
"아아, 나는 이런 남자를
평생 찾다가
못 만났던 거구나."
하고 깨달았다.

시트가
나를 단단히 지켜 주겠다고
말하는 것 같았다.

사서 1주일이 지났더니 차가 너덜너덜해졌다.
나는 주차가 서툴고 우리 집 주차장은 좁았기 때문이다.

뿐만 아니라 매일 까마귀가
보닛 위에 똥을 쌌다.

나는 지금 져야 할 의무가 없다.
자식은 다 키웠고
엄마도 2년 전에 돌아가셨다.

어떻게든
꼭 하고 싶은 일이 있어서
아직 못 죽겠다고 생각할 만큼
내 일을 좋아하지도 않는다.

2년이라고 확언을 받자
10년 넘게 나를 괴롭혀 온
우울증이 거의 사라졌다.
사람은 참 신기하다.

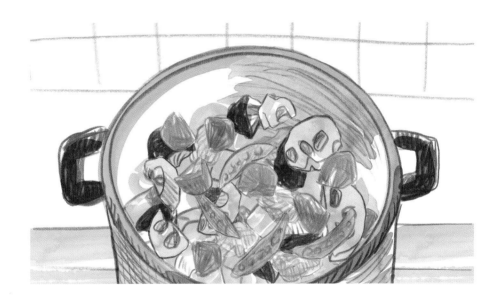

인생에 갑자기 충실해졌다.
하루하루가
참을 수 없이 즐겁다.

죽는다는 걸 안다는 것은,
즉 자유를 얻는 일인 것 같다.

아버지는 우리를 두고
곧잘 훈시를 했다.
"돈과 목숨은 아끼지 마라."라고
아무것도 모르는 어린아이를 향해
말하곤 했다.

그래서 아버지는 쭉 가난하게 살다가
쉰 살에 돌아가셨다.

목숨은 지구보다 무겁다느니
하는 말도 믿지 않는다.
나도 목숨을 아끼고 싶지 않다.

하지만 생각한다.
내가 죽는 건 상관없지만
친하고 좋아하는 친구는
절대 죽지 말았으면 좋겠다고.

죽음의 의미는
자신의 죽음이 아니라
타인의 죽음이다.

사람은 참 속도 좋다.

떠올리면 부끄러워서
살기가 싫어질 정도의 실패들을
꽁꽁 뭉쳐 놓은 것 같은 나이지만

"내 한평생은
좋은 인생이었다."
그런 생각이 든다.

수록 작품의 출전

『AREMO KIRAI KOREMO SUKI』(ASAHISHINBUNSHUPPAN)
「신의 손」
『이것 좋아 저것 싫어』(마음산책)

『YAKUNI TATANAI HIBI』(ASAHISHINBUNSHUPPAN)
「2008년 겨울(생활의 발견)」
『사는 게 뭐라고』(마음산책)

『GANBARIMASEN』(SHINCHOSHA)
「말」
『열심히 하지 않습니다』(을유문화사)

『HUTSUU GA ERAI』(SHINCHOSHA)
「시끄러워라」

『OBOETE INAI』(SHINCHOSHA)
「노래방 기계와 쑥덕공론」/「두 가지 결혼」

『MONDAI GA ARIMASU』(CHIKUMASHOBO)
「달님」/「이유를 몰라(영문을 모르겠다)」
『문제가 있습니다』(샘터)

『WATASHI WA SOU WA OMOWANAI』(CHIKUMASHOBO)
「나는 어느 쪽도 선택할 수 없었다」
『아니라고 말하는 게 뭐가 어때서』(을유문화사)